KB126491

너는 아직 있다

노춘기
1973년 경상남도 함양에서 태어났다.
2003년 『문예중앙』을 통해 시인으로 등단했다.
시집 『오늘부터의 숲』 『너는 레몬 나무처럼』 『너는 아직 있다』를 썼다.
월하지역문학상, 남양주조지훈문학상을 수상했다.

파란시선 0119 너는 아직 있다

1판 1쇄 펴낸날 2023년 1월 5일
1판 2쇄 펴낸날 2024년 1월 1일
지은이 노춘기
디자인 최선영
인쇄인 (주)두경 정지오
펴낸이 채상우
펴낸곳 (주)함께하는출판그룹파란
등록번호 제2015-000068호
등록일자 2015년 9월 15일
주소 (10387) 경기도 고양시 일산서구 중앙로 1455 대우시티프라자 B1 202-1호
전화 031-919-4288
팩스 031-919-4287
모바일팩스 0504-441-3439
이메일 bookparan2015@hanmail.net

ISBN 979-11-91897-45-6 03810

값 12,000원

너는 아직 있다

노춘기 시집

시인의 말

드라이아이스처럼 냉담한 안개 속으로
몸을 밀어 넣었다.

숨을 깊게 들이쉬어 본다.
인중까지 차오르는 이것,

견딜 만하다.
도망치지 않을 수 있겠다.

차례

제3부

제4부

해설

제1부

이 별에서의 오르페우스

죽은 사람에겐 무엇보다 꽃이 필요해요
오르페우스는 입을 다물었다

누구나 기꺼이 죽음의 길을 가고
즐겁게 다시 육신의 길로 갈 수 없나요

이 별에서,
죽은 사람들의 얼굴을 보라, 그들은 힘들게 죽는다
힘들게, 마지못해서

얼마나 많은 시체가 매장되지 못한 채
저 들판에 널려 있는지
단 한 송이의 꽃도 남지 않았다

그는 입을 다물어야 했다
새로운 생각에 잠겨 들판을 가로질렀다

저편 노을 아래 화염에 휩싸인 큰 도시가
몸을 일으키고 있었다

하쿠나 마타타

스스로 무거운 짐이 된 자여
너는 이곳에서 괴롭다

붉은 몸 위에 첨탑을 세우고,
그 위에 다시 천 개의
첨탑을 꽂아 넣었다

너는 왜 아무 말도 없는 거지?
배 속에서 얼음송곳처럼 팍 솟구치는 뿔에
찔리면서, 푸른 피의 역한 냉기를 삼키면서

이 눈부신 진창 위에 끈질기게
번성해 온, 엄격한 삶과 노동

밤과 낮을 잊은
이 깊은 구멍 속으로
아무런 이유 없는 행군이여

명령이 있었으나
아무도 명령한 자가 없도다

단 한 숨, 마지막 한 숨으로
두 눈이 터지도록
삶을 모두 꺾어 그 허기의 힘으로 찌르리라
네 이름을 모르는 자가
너를 찌르리라

아무런 이유 없이 네 목을
찌르리라 눈을 뚫어 그 뒤의 벽에서 붉은
비명이 번뜩거리는 것을
보리라 마돈나, 마리아, 하쿠나 마타타

부르짖으며 말하는 자, 너에게 보이리라
네 아들과 딸들이 소리 지르고, 울부짖으리라

그것이 나를 본다

너는 눈을 감는다, 라고
말을 하는 것과
쓰는 것은 다르다

엷은 잔상을 끌고 말은
과거 속으로 흩어진다
순간의 감정이 잠시 머물렀다 사라진다

그러나 내가
모니터 위에, 흰 종이 위에
너는 눈을 감는다, 라고 쓰면

그 문장이 나를 찾아낸다
그것이 나를 보고 있음을 느낀다
그것이 말하려는 것을 듣는다

눈을 들어 그 문장을 볼 때마다
어김없이 그것이
나를 발견하고, 내게 말을 건넨다

나는 눈을 감는다
질끈 감고 있는데도
들려온다, 그것이
내 이름을 부르는 목소리가

내 얼굴을
지켜보고 있다는 확신이
뜨겁게 달아오른다

고래에게

바람이 강물 위를 조용히 스쳤다
더 이상 가슴이 두근거리지 않았다

너는 그 어느 것도 파괴하지 않았지만
너의 파괴가 어느 것 하나라도
오염시킬 수 있었을까

너는 고요하고 느긋한 호흡으로
전부를 내던졌다 이 거대한 고래에게

잠시 어떤 무서운 감각이 너를 사로잡았으나
깊고 어두운 물이 지평선 끝에서
너를 향해 올라오고 있는 게 보였다

거대한 허공이 물속에서 부풀어 올랐다
푸른 물이 머리 위로 부드럽게 구부러졌다
한순간에 너의 전부가 사라지려 하고 있었다

쓰디쓴 노래들을 들려주었지만
결국 온몸을 검게 태우고

깊은 어둠 속으로 하강하는 너를
세계는 투명하게 담고 있을 뿐이었다

너는 은밀한 이름을 입속에서 중얼거렸다
풍요로운 날씨를 거쳐 왔으나
이제 칠흑 같은 숲이 네 앞에 놓여 있다
너는 달콤한 노래를 부르며 노를 젓는다

우물의 깊이

이제, 약속을 주세요
깊은 물에 들어갈 수 있는
물고기를 주세요

날카롭고 미끄럽고
터질 듯한 그 몸통에
뜨거운 피를 채워 주세요

더러운 입술로는 순결한
이름을 뱉을 수도
삼킬 수도 없어요

깊은 고통이
그를 구원할 수 있도록
더 큰 물을 주세요

한 가닥 빛도
내려오지 않는
깊은 허공, 소리마저
집어삼키는 어둠 속에서

이 우주보다
입이 큰 물고기를
만나게 해 주세요

비행운의 뿌리

이 숲에서 사라지는 것들
어딘가에서는 만나게 되는 걸까

마침내 몸을 눕힐 자리가
오늘 이곳에 열린 거야
네 죽음을 목격하는 풀벌레 소리 속에서

이곳의 바깥은 온통 빛이거나 암흑
형상을 더 이상 지탱할 수 없는 곳이야
그림자 없는 광원 같은 것

얼굴 없이 서서 죽은 것들에게도
사랑하는 것들의 목을 그은 손에게도
너는 짧은 인사를 보낸다
누구라도 몸을 눕힐 시간이 필요하니까

입김이 서린 유리컵에 밤의 소음이
거꾸로 들어와 소용돌이친다

너는 굴뚝처럼, 치솟은 구름처럼

그림자 밑에 엎드린
네 흔적들을 남김없이 폭발시켰다

허공이 뜨겁게 끓어오른다
적막이 폭발하는 순간의 섬광,
만날 수 없었던 얼굴들을
한꺼번에 만나게 된다

너는 결박된 짐승처럼, 상자처럼
굳게 입을 닫아 버렸다

그리고 냉담한 바닥으로부터
누군가 흰 팔을 들어 올린다

긴 흔적이 허공을 지나간다

곤란한 마주침

와이퍼는 빗물을 밀어 올린다
라디오는 스스로 볼륨을 높이고

가까이 있는 것들이 크게 보이고
멀리 있는 것들이 흐릿하다

되새김질하는 외갓집 소처럼 나른하게
빗방울들이 움직이고 뭉쳐지고
둥글어졌다가 솟구친다

위험이 우리를 발견했어
네 눈은 아무 생각도 하지 않고

눈을 부릅뜨지 않아도 우리는 그곳으로 이끌린다
첫 번째 방문을 여는 황동 열쇠를

너는 뜨거운 비스킷을 들어
거울 속으로 밀어 넣는다

너를 만지고 맛보고

비를 만지고 느끼고
어둠을 들이키고 맛보고 토해 버리는

아주 어렵고 곤란한 마주침이
이 순간의 우리를 찢고 있어

보이는 것들이 보고 있는 걸
상상조차 할 수 없었잖니

볼륨을 잠깐만 줄여 봐
이빨을 드러낸 개들이 늘어나고 있어

물러서지 않고
전구처럼 뜨거워진 두 눈을
흔들고 있어

스트로크

살려 주세요.
이름을 알려 주세요.

망령 같은 한기가 가슴팍에서 꿈틀거린다.
텅 빈 시야, 빈주먹을 꽉 쥔다.

쇳가루처럼 뜨거운 숨을 훅 들이켠다.
네 이름을, 네 손을 붙들어야 해.

도와주세요. 지금 바로
이곳으로 와 주세요 숨을,
쉴 수가 없어요.
빨리 오셔야 돼요, 천둥처럼
맥박처럼 숨,
쉬는 법을 알려 주세요.

비상점멸등을 켰어요.
사거리 신호등이 깜빡거려요.

여기 사람 있어요.

좌회전 전용차로에 멈춰 있어요.
웅크린 차 안에 사람이 있어요.
손을 흔들어요.

와 주세요, 누구라도.
시간이 멈추고 있어요.

고잉 홈

숲이 자란다

모르는 식물들이

비늘처럼 돋아난다

모두들 이곳에서 얼굴을 잃어버렸다

기울어진 골목의 어둠 속에서

내가 온 길이 초목들에 덮인다

내 앞에서 표정을 기울이는 사람들

누군가 세워 놓은 결계 속에서

몰락하는 것들이

가을 저녁의 수고양이들처럼

뛰어내리고 있다

누구나 시간을 멈출 수 있다

시간을 돌려받을 수야 없는 일.
카트를 밀며 코너를 돌아 나타나고 사라지는 사람들을
모두 멈출 수도 없는 일.

부끄러움 없이 당신을 쳐다볼 수 있는 건
잠시 당신이 내게서 눈을 돌렸을 때뿐이었다.

경험해 본 적 없는 방식으로 세계와 부딪치기 위해서
나는 얼마나 머뭇거렸던가.
진심으로 나를 들여다보는 어떤 사람을
얼마나 견딜 수 있었던가.

길 위에서 만난 사물과 육체들이 너무 딱딱하다는 걸
그 모서리에 이마를 부딪힌 사람들만 알 수 있는 건 아니다.

내 몸속에, 깊이 잠들 수 없는, 아마도 24시간 깨어 있는
어떤 시선이 흔들리고 있다는 걸
분명히 알고 있었던 시절이 있었다.

나는 천문학적인 거리 바깥으로 내 영혼을 끌어당기던
음악과 목소리를 갖고 있었다.

지상의 시간이 흐르는 소리가 날카롭다.
문득 멈추고, 문득 사라진다.
수레바퀴가 남긴 흔적은 어째서 두 줄이 아닌가.

틀림없이 어딘가에서는
빼근한 손과 발을 허공에 늘어놓아야 할 것이다.

하지만 그때, 길 건너에 살던 여자아이의 별명을 소리 높여 부르며 그 집 앞까지 쫓아가던 그때, 어둑한 골목, 붉은 벽돌의 담장 위로, 쇼윈도 너머의 크리스마스처럼 빛나던 장미, 장미들과, 높아졌다가 사라지는 골목길의 굴곡을 따라, 뚜벅뚜벅 흩어지는 그녀의 그림자.

아직 너의 잎이 푸르다

폐지 더미를 힘껏 끌어당깁니다
삐걱거리는 발밑으로
힘겹게 새겨지는 날짜들
오늘은 어떤 연락을 받게 될까요

사지가 잘린 채 웃고 있는
플라타너스에게 인사를 건네며
담배 한 개비를 권해 볼까요

이름을 불러 주세요
이 발밑이 허공이 아니라는 걸
당신의 입술로 말해 주세요
아무도 이 생을 주목하지 않고 있었음을
우리는 잘 알고 있었지만

여기서부터는 더 이상 길이 없어요
발견과 동시에 망각해야만 한다는 것을
캄캄하게 굳어 버린 흙터처럼
잘 알고 있었지만

뜨거운 손을 마련하지 못하고
등 뒤의 세계로 몸을 던져야 하는 사람에게
푸른 하늘은 얼마나 눈부신가요
허공에 길을 내야 한다면

이름을 불러 주세요
끝날 것 같지 않은 이 불안이
애초에 내 것이 아니었음을
선언해 주세요

서늘한 바람이 길을 재촉하네요
손끝에 아직 피가 돌고 있어요

가능한 세계 1

형광등 갓 아래 좌정(坐定)한
파리 한 마리

그 눈에 가득히 푸른
달빛

제2부

눈의 여왕

너는 더 높아져야 한다고
더 위험해지고 싶다고 말한다

네가 가리키는 침엽수의 가지는
활처럼 팽팽해져서 구멍 뚫린 하늘을,
낮에 뜬 하현달이나 흰 몸으로 지나가는
여객기의 흐린 윤곽을 겨냥하고 있다

네 몸이 더 높아질 필요가 있어서
네가 그렇게 말하고 있었으니까
나는 두 손을 치켜들고 허리를 편다

손끝에 닿는 계절의 차가운 비계(飛階)를
끌어당긴다 나는 너를 더 높은 곳으로
너는 더 높은 곳에서

모닥불에 달군 대나무 스키를
운동화 끈으로 묶어 매고
뒤안에서 뒷산으로, 멀리 보이는
왕산으로, 능선에 걸친

구름들의 흰 육체 속으로

네가 올라갈수록 네 안에서
내려다보이는 이 순결한 세계

볼트와 너트를 일거에 소거당한
롤러코스터처럼, 활주로를 잃어버린
점보 여객기처럼
더 높은 곳에서 더 높은 곳으로
네가 그렇게 말했으니까 나는

비너스의 탄생

알고는 있었어요 거리에서
혁명이 일어날 거예요 폭발하는
먼지구름 위로, 최루탄 연기보다 더 높이
럭키 민트 치약처럼 상쾌하게

이 방을 영원히 떠나고 싶어요
나는 실패했지만, 당신과 함께
떠날 거예요 당신의 모든 것으로부터
당신을 꺼낼 거예요

별빛을 따라 스며들겠어요
당신을 거부하고 주저앉혔던
그것들과 싸우겠어요 이 손에 불을
당겨 주세요 하늘까지 타오르는 불꽃
축제의 고통이 시작될 거예요

거품이 가득해요 이 방은
욕조에 웅크린 유령처럼 부풀고 있어요
달콤한 허공이 당신 안에서 흘러넘쳐요
이곳에서 당신의 육신을 꺼내게 해 주세요

지금 바로 포탑을 움직여 주세요
당신이 되짚어 온 이 길의 끝까지
이 전차를 밀어붙여 주세요
발끝을 힘차게 뻗으면 캐터필러가 녹아내려요

죽을 수도 있어요 놀라울 만큼은 아니에요
내가 원하는 것, 당신이 원하는 것
같지 않아도 좋아요
길 바깥에서 내 손을 붙들어 주세요

내가 이곳에 없었던 시간들,
어떤 의심도 없이 당신에게 복종할 수 있었던
그날들을 기억해 낼 수 있도록
이 냉담한 방의 내부로부터 혁명을,
당신의 그림자를 일으키게 해 주세요

골드버그 장치

모든 것이 결말을 향해 움직이고 있다
시간은 기다려 주지 않고 누구에게나 약속된
결말이 있는 것은 아니다 생의 종말마저도, 누구에게는
약속대로 주어져 있지 않다

그는 탄창을 밀어 넣고 한쪽 손에 권총을 움켜쥐었다. 시곗바늘이 자정을 향해 가고 있었다. 다른 이들은 삼십 분 전에 모두 돌아갔다. 금속의 묵직한 안정감이 총자루의 무늬를 타고 손끝으로 온몸으로 퍼져 나갔다. 모든 것을 끝장낼 수 있는 힘이 그 손안에서 맥동하고 있었다. 마침내 최후를 앞에 둔 돼지의 심장처럼 그것은 힘차게 펄떡거렸다.

너희는 순진하게도
세계의 쿨한 종말을 믿고 있었던 건가
피에 잠긴 시체들 위로 팽팽한 균형을 이루며
시간이 조금씩 흘러갔다 모두들
끔찍한 운명처럼 오늘의 일몰과, 지금까지
일어난 모든 일들을 헛되이 되짚어 보고 있었지만

백척간두에서 설령 살아,
남는다 하더라도 결국 전혀 다른 세계에서

그는 이미 모든 것을 보고 있었다
남은 것은 결심뿐이야, 차가운 금속의 난간이 피라냐
처럼
손바닥의 축축한 살을 물어뜯고 있었다 우린 곧
사라지게 될 거야, 그는 손을 놓으면
곧바로 허공에 빨려 들 수 있도록
바깥을 향해 힘껏 가슴을 내밀었다

바람이 불어오는 곳 2

교회의 첨탑에서 너는 날아오른다
상승 레버를 천천히 밀어 올린 글라이더처럼

좁은 수로를 따라 수초들이 흔들리는
청록색의 벌판이
네 몸속으로 밀려든다

몸을 꺾으면 좀 더 넓은 물과
모래톱이 보인다 물가의 사람들이
손을 흔든다 높은 전선 위로
부드럽게 방향을 돌리는 창공

너의 바람이
구름과 돌밭을 맨발로 디디며
지상의 구름을 일으킨다
손에 쥔 세계가 회전한다

너는 세차게 펄럭이는 모자를 꽉 붙들고
높은 나무 위에서 손 흔드는
잊혀진 사람들의 얼굴을 본다

타불라 라사

너는 사라질 거야 지금부터
네 영혼은 백지처럼 맑아질 거야

딱 한 번의 도약이 남았어
너는 완전히 망각되고

뜨거운 양수 속에서 태아처럼
다시 태어날 거야

지상으로 되돌아오는 스타쉽처럼
나이스하게

새로운 세계는
아무도 네 죄를 기억하지 않아

완벽한 삶이
네 품에 달려와 안길 거야

지옥이었던 과거는 한낱 꿈이었던 거야
정말 그렇겠지?

•2021년 3월 텍사스의 보카치카 기지에서 일론 머스크는 화성 유인 탐사를 위해 탑승객 100명 이상을 태울 수 있는 '스타쉽'의 발사 및 수직 착륙 테스트를 성공했다.

독 짓는 밤

가마를 타고 불이 오른다
이것으로 세계에 구멍을 들인다
화톳불 욱신욱신한 흙터에
둥근 문이 열린다

검은 날개, 젖은 날개의
유령들 와서 스러진다
귓가에서 스며 나온 것들이
투명한 열기 속으로
망설임 없이 몸을 던진다

한번 구겨지고 영원히 빛을 잃은
어떤 이의 날개가
그 안에서 소용돌이치고 있다

불이 오른다
저 환한 터널 속에서
누군가 노래하고 있다
눈을 감으면 보이는 유령들
불질 한 번에 생을 그을 수도 있었다

눈을 닫은 채로 한 번 더
눈을 감을 수도 있었다

미래가 사라진 축복 속에서
불을 옮기고 있었다 모두들
열기를 숨기고 몸을 낮추고
상기된 얼굴로 입을 다물고
각자의 마당으로 지붕으로 뒷산으로
불을 옮겼다

서툰 별들이 재빠르게
터널 속으로 사라졌다
완벽한 어둠 속에서
사탕 같은 달이
얼어붙은 것들의 눈동자를
내려다보고 있었다

붉은 얼굴

시곗바늘이 한 칸 한 칸
전진하는 사이
지구가 자전하는 톱니바퀴
소리를 듣는다.

눈앞의 지구에서 구름이
걷히면 길쭉한 여객선에서
손을 흔드는 사람이 보인다.

어떤 이가 산 위에서
나를 올려다본다.
고래가 뛰어오른다.

지구가 돈다.
도는 지구는
네 엉덩이처럼 매끄럽고
부드럽다.

보이지 않는 뒤편으로 사라지는
저녁들에게

양 떼와 낙타와 전갈들에게
서둘러 산을 내려가는 소몰이꾼에게
서쪽으로 기울어지는
눈빛을 보낸다.

얼굴이 뜨거워졌다.

의심이라는 병

의심은 산불처럼
너의 마을을 덮으며 온다

네 옆집에 누가 살고 있는지
확실히 알고는 있는 거니?

그것은 네 마음을 검게 물들이고
그 마음의 어둠 속에서
잔혹한 짐승들의 그림자가 일어선다

네 곁의 누군가가 끔찍한 일을 벌일 거야
너는 그때 과연 어디에 있게 될까?

누군가 들려준 진실이라는 것과
네가 본 것들이 함께
확실하게 존재하는 유령들을
눈앞에 소환한다

푸른 언덕 위에 충분히 많은
십자가들이 세워질 거야

코끼리만큼 커다란 불신이 자라난다
코끼리는 이제 걸어 다닌다
너의 집 앞과 거리에서

누군가 비명을 지르고
문득 뒤를 돌아보면
바로 그 어둑한 모퉁이에 그것이
너를 향해 고개를 꺾는다

그리고 코끼리의
캄캄한 입속으로
온 우주가 빨려 들어간다

바그다드 카페에서

살아 있는 것들이라면
소리를 내고 싶을 거예요

공습경보도 없이 건물들이 무너졌어요
아무래도 이곳에는 당신이 없지만

긴요한 물건으로서
쓸모가 파악된 시간으로서

파인애플 깡통처럼 텅 빈
이름을 불러 줄 사막이 없지만

나는 바그다드에서
혹은 강화도의 작은 카페에서

뜨겁고 느린 바람에 눈을 감아요
벌겋게 달아오른 이 머리를 부숴 주세요

아르마딜로와 춤을

조명탄이 솟아올랐다
질문 있나?

너는 맛이 좋아
너를 먹을 수 있어
네 입속의 구불구불한 혀
한 걸음씩 걸으며 네 등짝은 더 단단해지고

기지 북쪽으로 얼마나 갈 수 있습니까
대략 헬만드 강 정도까지는 갈 수 있을 거야
전투가 시작되면
멀뚱하게 서 있지 말도록

둥글게 웅크린 몸에서 태어나
어두운 밤의 숲을 더듬으며
등딱지가 굳어 갈
새끼들, 둥글고 말랑말랑한
냄새와 소리

조명탄이 솟아올랐다

차가운 녹색의 시야가 넓게 펼쳐졌다
천천히 어둠이 다시 발밑까지 몰려들었다
헤드램프 불빛으로 찾아낸 한 녀석의 얼굴
눈을 뜬 채 죽어 있었다

네 몸속의 한센병만큼이나
한 마리씩 씹히는 개미는 시큼하다
깊은 참호 속에서 이미 죽은 것들이
절단 난 것들의 냄새와 소리가
깊어진다 어두워진다

마지막 사망자는 남은 게 별로 없었다
손가락, 손, 무릎, 심장이 널브러져 있었다
우리를 고립시키려는 게 그들의 목적이야
기세등등할 거야
정신 똑바로 차리고 자신에게 집중해
질문 있나?

바람을 타고 전해져 오는 사막의
냄새와 소리

목덜미를 더듬는
파충류들의 체온

●덴마크 정부는 아프가니스탄 남부 헬만드 주 영국군 관할 지역에 2002년부터 750명의 전투 병력을 파병했다. 국제안보지원군(ISAF)의 일원으로 아르마딜로 부대에 지원한 예산은 18억 달러에 달했다.

재떨이

그는 네 손을 놓고 말았어
이것을 파괴라고 부를 수 있나

너는 그를 오염시켰던가
혹은 네 병을 전염시킬 수 있었던가

아무리 전 생애의 고통을 표현하고
바라보고 서로 부딪쳤어도

결국 홀로 온 삶을 태우고
스스로 종말을 맞이하는 것

그는 너무나 투명하게
네 너머를 바라보고 있었지만

이 방은 너무 흐려졌어
네 몸은 재로 가득 차올랐어

두려움은, 허상에 지나지 않아
그것은 바람처럼 너를 지나친다

이 생의 끝에서 결국
혼자 걸을 수밖에 없는 것

너는 마침내 마지막 불꽃을
손에 쥐었어

그 속에서 발갛게 달아오르는
어떤 적막을

Le Grand Bleu

당신의 인력에 이끌려
몸이 부풀어 오른다

아주 먼 시간의 바다에서 왔다는
당신의 비늘과 아가미

나를 말하기 어렵다
몸속의 물이 말한다

발이 닿지 않는 공허가
그 물속에서 꿈틀거린다

죄 없는 자여

혈관을 채우는 비린내처럼
물컹한 당신의 젖가슴처럼

위독을 덮으며 방 한가득
깜깜한 물이 차오르고 있다

가능한 세계 2

그날 밤 꿈에
너는 그 계곡에 있었다

죽음보다 커다란 물고기를
만날 수 있을 것 같았다

시커멓고 미끄러운 바위 사이
뼈를 찌르는 차가운 물속에

영원히 혼자이길 원하는 사람처럼
몸을 밀어 넣고 숨죽였다

언제까지고 흐르는 물에
핏속이 흔들리고, 시야가 흔들리는 동안

물살을 거스르며 발밑이
사라지고 있었다

수면 아래에서 큰 눈동자가
먹구름처럼 부풀어 올랐다

출구 없는 공허에 금이 가고 있었다
이 삶을 계속 살아가고 싶었다

제3부

정글엔 언제나

이름을 모르는 식물들이
있다 지금 이곳에 맛을 모르는 식물들이
있다 그 육체의 형상을 모르는 소리들이
있다 겪어 보지 않은 기온과 습기
살에 닿아 보지 않은 미물들의 촉감

비가 그치면 어둠이 오고
매질하듯이 별들이 쏟아지고
우주를 채우는 곤충과 새와 짐승들의
숨결들 바람에 온몸을 부딪치는
빽빽한 나뭇잎들의 분노가

있다, 이름을 아는 사물들과 그 이름을 내게
알려 준 사람들과 그들 곁에서 조용히 숙제를 하던
너는, 삐걱거리는 나무 복도에서 새로 산 지우개를 건네던
주산학원 가던 길에서 한 번도 뒤를 보지 않던
한동안 사촌 누나였다가 한번은 플라타너스
높은 가지 끝의 하늘소였다가 라디오에서
들려오던 죽은 싱어송라이터의 노래였다가
노량진 학원가 빵집 창가 자리에 놓인

흰 접시였던, 노량진역에서의 식은
악수였던, 철문 앞에서의 오랜 기다림
이었다가 융단폭격 아래에서의 기도였던

너는, 저 빽빽한 어둠의 내부에서 붕붕거리는 것들의
뜨거운 호흡 소리를 뚫고 이 축축한 지상을
이 웅크린 육신을, 내려다본다
그리고 이곳에서
밤이 길고, 너는 별처럼 따뜻하다

너와 함께

산 정상에서부터 내려오는 적막을 따라
늑대도 내려온다

내 마지막 풍경인 너도
이것으로 멸종이다

푸른 눈동자
그 속에 깊은 허기

너와 함께
이것으로 끝이야

끝나지 않게 될 거라고
말해 볼 수 있었지만

네가 숨죽이며 걸어온
종적들이, 굶주림에 맞섰던
모든 밤들이 헛되이 사라지고 있어

관찰이 관찰되지 않는 것처럼

거울 너머로 다시 진입할 수 없는 것처럼

볼 수 있겠니? 마지막 어둠 속으로
둥글게 달빛이 울려 퍼지고 있어

너와 함께 이 겨울을
끝내도 좋겠어

바람이 불어오는 곳 1

너는 매번 북쪽에서 온다
너는 이상한 선물을 준비하지만
이해할 수 없는 선물을
쉽게 받아 줄 수는 없다

네 눈에서 불어오는 사막의 바람
네가 입으로 토해 내는 바람의 떨림
너는 그림자를 등지고
이 방의 가장 깊은 곳에서 나를 바라본다

너는 나를 기다리고 있는 것이다
너와 나 사이, 침묵이 빙글빙글 돌아가는
이곳에서 모든 이야기가 잊혀진다
바람 속에서 하강하는 시간이 보인다

달빛은 조각조각 흩어지고
새벽 별빛 아래 벗어 둔 가죽신 위로
찬 바람이 분다
이슬이 빛난다
선물을 준비할 시간이다

원더랜드에서

불을 피운다
젖은 장작을 도끼로 쪼개고
주머니칼로 다듬고
부싯깃을 올린다
끈질기게 엉겨 붙은 옹이를
비틀고 구부리고
끝내 뜯어내면
송진처럼 우울했던
사내아이의 독백처럼
차곡차곡
황혼이 차오른다
턱밑에서
출렁거리는 어둠을 더듬어
불을 당긴다

적도 위로
차가운 별들이 날아오른다

사냥꾼 일기 1

날카로운 빗줄기가 어두운 묘지에
내리꽂혔다
송곳처럼 몸을 일으키는 냉기

잠이 오지 않아요, 어머니
누구를 위해 기도해야 하나요

수십 마리의 표정 없는 양들이
골목을 어슬렁거렸다

그건 네 영혼이 아픈 거란다
고통이 너에게 올바른 길을 알려 줄 거야

먼 길을 달려온 마차와 함께
가득 차오르는 거친 숨소리

숲의 적막을 환하게 덥히는 화톳불
맥없는 연기가 아직 어두운 바람에
끊어졌다가 다시 이어진다

불꽃, 온몸을 뒤흔드는 불꽃 속에서
타닥타닥 말발굽 소리가 선연하다

불길을 바라보는 너의 눈에 생기가
저릿하다, 다시 밤이 오고 침엽수림 사이로
밤새들이 오가는 좁은 길이 열린다

너는 즐거운 집으로 돌아왔구나

사냥꾼 일기 2

시위를 당긴다 얼어붙은 입김이
귓가에 부딪히고 다시 부스러진다

활줄을 쥔 손끝에
얼얼한 감각이 뭉쳐지고 단단해진다

숨을 멈춘다
건너편 숲에서 바람의 방향이 바뀌는 게
보인다 싶은 순간
시야를 덮치는 붉은 흙먼지 바람

북쪽 아니 북동쪽
아니 남동쪽
맥이 풀린다

무엇인가 사라졌다
아무것도 보지 못했지만
그것은 이미 사라졌다

감출 수 없는 허기가

명치를 깊숙이 찌른다

사냥꾼 일기 3

눈이 녹지 않는 침엽수림, 침엽수림
이 숲의 끝은 어디인가

저 높은 계곡의 위로
산란하는 태양 빛이 일어서고 있다

빛은 점점 더 붉어지고,
숲을 뒤덮은 어둠이
차츰 더 푸른빛을 밝힌다

얼어붙은 호수를 가득 채운
직선과 곡선, 앙상한 새들의 발자국

하얗게 타오르기 시작한 아침이
빼곡한 겨울나무들의 자세를
하나하나 얼음 위에 새기고 있다

아직 사냥은 끝나지 않았다

사냥꾼 일기 4

누가 이 숲에 덫을 놓았나
축축하고 비릿한 민물고기가
무표정하게 미끼 줄에 묶여 있다

덫에 꽉 물린
오소리의 뒷다리
가늘게 벌려진 가죽 사이로
보드라운 혈관의 온기가 꿈틀거린다

그것의 짧은 털을 뒤덮은
땀과 습기, 헐떡이는 숨소리에서
축축하게 엉겨 붙은 한밤의 냉기가 느껴진다

그것의 정지된 표정,
공허, 뒷면의 어둠이 투명하게 비칠 듯한
텅 빈 눈빛이
저항하지 않는 그 육체를, 팽팽하게 벼리고 있다

사냥꾼 일기 5

너의 용기에서는 경멸이 느껴져
이 숲에서 너는 길을 잃게 될 거야

다행히도 모두가 이 숲과 저 산맥의
달콤한 전설에 빠져들지는 않았지만

거짓 없는 절멸에 대해서
정말, 홀로 말할 수 있겠어?

얼어붙은 보리수 열매의 강렬한 산미,
입술에 스치는 껍질과 씨의 질감을

나는 해야만 하는 일을 그저 해내고 싶을 뿐이야
죽은 자의 손을 누군들 잡고 싶겠어?

눈이 녹기 전에는 돌아오겠어
이제 남은 길이 얼마 없다는 것, 알고 있어

먼 숲에서 아주 많은 소리가 일어날 거야
결국 너에게 돌아오게 되는 것들이야

사냥꾼 일기 6

#

겨울 뇌조 무리가 내 앞으로 덮쳐 오는 걸 봤어?
바로 내 등 뒤에서 날아올라
그늘진 호수의 오른편으로 일제히 흩어졌어

눈처럼 하얀 깃털이
거칠게 얼어붙은 호수 위로 흩날렸어

#

이 폐허도 한때 고귀한 저택이었겠지
순결한 여신의 육체는 검게 녹이 슬었어

그녀의 청동 날개에서 아직도
이곳을 내려다보는 시선이 느껴져

깊게 패인 동공, 조그만 입술, 울퉁불퉁한
팔뚝의 힘줄, 그녀의 손끝에서 팍 튀어 오른

우산처럼 터질 듯이 부풀었다가,
쥐덫처럼 허공으로 튀어 오르는 활대

#
폐허의 고풍이라니

울타리 바깥쪽으로 냉담한 바람이
마른 풀 냄새를 훑고 있었어

사냥꾼 일기 7

#

죽음 위를 걷는 사람은, 먼 길
가노라 말하면서도, 그 텅 빈
암흑 앞에서 자주
자신의 이유를 잃어버린다

#

영원히 이 자리에 있을 것처럼
믿어진 사람은, 사라진 이후
아예 이곳에 있지도 않았던 사람처럼
누구도 기억하지도 말하지도 않을 것이다

#

붉은 등불에 불을 당겨
책상을 밝히고, 어둠을 한 걸음 물리고
흔들리는 불빛 아래 모여드는 침묵과
공백과 즐거운 허기를
코끝에 올렸다가
손바닥에 모아서 굴리다가
병아리처럼 호호 불어서, 어루만져서

품 안에서 따뜻해지도록,
너의 품처럼 뜨거워지도록

#

너를 부른다, 너를 본다
이제 왔구나

인사받으며 네 손을 잡아 본다
네 귓가에 인사의 말을 보내 본다

미안했어 잊고 있었던 거
용서해 줘 내가 도망쳤어, 두려웠어

나는 지금 완벽하게
혼자 있는 시간이지만

완벽한 시간

잠에서 이제 막 깨어나는 짧은 시간, 이 세계가 허물어지고, 다시 신화처럼 어제와 너무나 닮은 모습으로 일시에 구축되는 과정을 목격하는 순간은 얼마나 허망한가.

이 진실의 등 뒤로 텅 빈 허무가 아닌 것이 없었다는 것.

밤의 적막 속에서 매일, 어제 없었던 것들이, 어제의 태양과 함께 사라졌던 것들이, 암흑 속에서 허물어졌던 것들이 얼굴을 들어, 나를 아는 것처럼, 사랑을 담아 인사를 건넨다.

수고 많았노라 인사를 돌려줘야지. 다시 돌아오지 않는, 오늘만 살고 죽는 얼굴들에게. 내일 다시 눈을 뜨게 된다면, 새벽빛의 온기가 네 몸 위에 덮일 때, 다시 온전히 새로운 사람이 어제의 목소리를 끝내 입 밖으로 내어놓을 때.

그 모든 인사들이 다시 시작되리라. 그러나 의심하지 말아야지. 이 사람이 어제의 내가 아닐 수 있다는 것을, 어떤 믿음도 없이 눈을 뜨고 감아 왔다는 사실을. 쉽게 말하지 않아야지. 두려움 없이, 이미 지나가 버린 시간을 향해서 고개를 꺾을 수는 없으니까.

석유 랜턴의 심지를 올리면, 그 불빛 언저리로 파충류의 느릿한 숨소리가 들린다. 그 소리는 점점 느려지면서 별들이 회전하는 소리를 감춘다.

어둠을 부르면, 옅은 불빛에 흔들리는 수풀 너머, 푸른 얼굴이 나를 본다. 이제 왔구나, 인사 건네며 손을 내밀어 본다. 흐릿한 인사의 말이 뺨을 만지며 지나간다.

그리고 완벽하게 쓸쓸한 시간이 온다.

새들처럼

숲 안쪽은 연기로 가득 찼다
너는 체온을 잃어버렸다
내쉬는 숨의 길을 따라
고통이 물처럼 흘러내렸다

탈출이 아니라 구조를 선택해야 했다
붉게 환하게 숲이 타오른다
대지가 뜨겁게 들썩이고
개구리가 도롱뇽이 이끼들이
새들처럼 나무 위로 솟아올랐다

협곡을 향하는 연기 속에 검은 곰의 그림자가
일어섰다 심한 악취가 대기를 흔들었다
뜨거운 불길 속에 축축한 허기가 넘실거렸다

탈출은 없다 마지막까지
색을 잃기 시작한 흙길 위에
구겨진 채 꿈틀거리는 백색의 날개
고통이 이곳의 영혼을 부식시키고 있다

기다림, 기다림의 지옥 속에서 너는
저 높은 곳의 맑고 고요한 한 조각의 허공을
올려다본다

제4부

에우리디케, 별에게

이 도서관에선 금지된 책 빼고는 읽을 게 없다
죽은 자만이 이곳을 떠날 수 있다지

지루해서 죽느니, 죽을 만큼 지루해지기 전에

혼란과 공포 속으로 네 육체를 던져라
다음 생애엔 무엇으로 태어나는 걸까

다만 누구인지도 모르면서 간절하게 기다리는 것,
죽음 같은 그리움이 두렵다

여기에도 그것이

그것이 여기에도 있구나
내 입속에 기둥처럼 박혀 있던 그것이

낯선 장소에서
전혀 상상하지도 못했던 모습으로
그것의 존재와 문득 마주쳤을 때

(이 기둥을, 뜨거운 기둥을, 꿈틀거리는 기둥을 뽑아 주세요)

그것의 형식과 형상이 다를수록
상상을 초월하는 것일수록

(모험하겠어요! 그 기계에 몸을 던지겠어요)

더욱더 선명하게, 그것이
이곳이 아닌 어떤 곳에서도 존재할 것이라는 불안이
강렬하게 자각된다

(이 세계의 차가운 육체를 들어 올려 주세요)

입속에 차가운 피가 고인다
그것의 내부와 외부에 경계가 없다는
사실은 모든 슬픔을 휘발시킨다

(그 뿌리에 이끌려 내가 사라지더라도 후회하지 않겠어요)

어떤 바깥에서도, 어떤 우주에서도
그것으로부터 자유로울 수 없다는 단 하나의 사실을
확신하게 된다

너는 말한다

편지라니, 그런 걸 누가 읽어 주겠니?
이제 그만 불 좀 꺼 줄래? 그 불빛은 너무 쉽게 흔들려.

연기처럼 푸르스름하게 흩어지면서, 다시 뭉게뭉게 빈 벽에 가득 차오르면서 너는, 참 말이 많구나.
네 말들이 솟구치다가, 쨍그랑 부딪치는 고요한 폭풍 속에서, 찻잔 속에서,

너는, 말과 말이 꺾이는 그 순간의 틈 사이로, 말이 가리는, 가래떡처럼 끈끈한, 희고 뜨거운, 너의 육체는,
너를 보여 주면서, 보여 주면서만, 그럼으로써만, 나를, 보는구나.

너라면, 그렇게 쉽게 내 신발을 집어 던지지 말았어야 했어.
흙 묻은 맨발로 뛰어오를 것쯤은 예상했어야지, 안 그래?

태백선을 달리는 밤 기차에서 언제라도 열차 문을 열고 누구라도

날아오를 수 있다는 것, 알 때도 됐잖아?

왼쪽으로

당신과 보낸 휴일들,
당신을 위해 높이 들어 올린 환한 등불들이
허공에서 타오르고 있어요

왼쪽으로 돌아보아요
조금은 우스꽝스럽겠지만
뼈를 부러뜨리는 데
그렇게 많은 힘이 필요한 건 아니에요

내 눈앞에서 느린 화면으로
세차게 머리를 흔드는 당신
소리 높여 이 방의 산소를 부풀리고
우습게도 감정은 훨씬 더 쉽게 부서지는 거잖아요

설명을 요구할 생각조차 할 수 없을 만큼
간단히 부러져 버린 시간들
갈라진 손톱처럼 사소한 것들
그사이에 오, 그 안에서
도대체 어떤 시간이 가능했던 걸까요

당신은 더 멋진 파티를 꿈꾸며
다른 시간의 입구에서
나를 사로잡았던, 애틋한 말들을 재잘거리겠지만
나는 아무 데서나 손쉽게
세계의 시간을 멈춰 버릴 수도 있겠지만

왼쪽으로 돌아보아요
더 멋진 휴일이 있을지도 모른다면
더 높은 구름이 부풀지도 모른다면
이 낯선 시간의 바깥에서

밍키 이야기

마중 나온 거야?
배가 고프니?

힘껏 끌어안았다가
다시 놓아주었던가

새끼를 낳고
어디론가 영영 사라져 버린
나를 닮은 눈빛

옆집 담장을 넘어온
하얀 입, 네 이름을 부른다

밍키, 꼬리를 흔들어 줘
무릎 위에 박힌 이빨 자국을 만지고 있어

용서해 줘, 너를 잃어버렸어

흔적도 없는 흉터에
끈적끈적한 네 이빨이 아직

부르르 떨고 있어

나를 안아 줘, 밍키
이마를 핥아 줘
머리를 쓰다듬어 줘

깊게 구부러진 골목 끝에서
밍키는 꼬리를 날카롭게 일으키고

도로시에게

나는 어느 날 양철 로봇이었다
탱자나무로 만든 노를 젓고 있었다
핫팬츠를 입은 도로시와
웨딩드레스를 입은 도로시는
내 앞에서
내가 바라보는 곳에
나와 같은 눈빛을 던진다
핫팬츠를 입은 도로시는
인어 같은 꼬리로 파도를 문지른다
웨딩드레스를 입고 도로시는
몸을 구부려 물 위를 구른다
차칵차칵 시곗바늘이 전진하는 동안
양철 보트는 세계의 끝에 다다르고
드디어 열두 시의 종이 울리는 동안
틀림없이 나는 양철 로봇이었는데
삐걱거리며 쉬지 않고 노를 젓고 있었는데
도로시는 다 어디로 사라지고
회색 바다, 수평선에 걸린
집채만 한 괘종시계 앞에서
나는 삐걱거리는 텅 빈 몸을

일으키고 있었는데, 체온보다 따뜻한, 깊은
바닷물이 허벅지를, 온몸을 잡아당기고 있었는데
이 차가운 옷은 어떻게 벗어야 하는지
열두 시에 바늘이 멈추면
누가 떠나야만 하는 것인지
도로시를 두고
도대체 어디까지 온 것인지
내가 도로시가 아니어서 그랬는지
그렇다고 내가 도로시였던 것인지
아무것도 알 수 없었다

국수의 맛

몇 점 핏방울이 맺혔다
그 눈에

네 안에 내가 있구나
외롭고 차가운 육신

비를 맞으며
친구 하나 없이
집으로 돌아온

너는 말없이 국수 한 그릇을 비우고
몇 마리의 고양이가 기다리는
빈집의 어둠 속으로

슬픔은 비밀스런 이름으로 공표된다
나는 그 비밀을 뜨거운 구토처럼
둥그렇게 손을 모아 떠받친다

흔들리고 출렁이는 너의 얼굴을

어디에나 가득히 차올라 넘치는
영원히 반복하고 반복되는
이 유일한 슬픔

슬픔에 관한 슬픔이라니
거기 내가 있구나

꿈에

할매가 나 먹일라고 끓여 두었다는
민물잡어매운탕

방아잎 넣고 무 넣고 빨갛게 졸인
그 냄비를 앞에 두고 할매 생각이 나서
소리 내서 크게 울고 말았다

한참을 울었다
깨고 보니 꿈이었다

눈물이 범벅된 얼굴로 생각해 보니
기억 속 어디에도
그런 일은 없었던 거였다

그 매운탕 냄비도
그걸 두고 울었던 일도
꿈에서만 일어난 일이었다

새벽어둠 속에서
허망하게 한참을 앉아 있다가

전에도 똑같은 꿈에서 깨어난 적
있었다는 걸 알았다

할매는 없는데
그 냄비 하나 두고 울다 깨는 꿈을
나는 또 꾸게 되겠구나

레인보우 이펙트

좋아서 그랬어요
좋아서요

저 물질적인 무지개
마음이 날아갈 듯해요

좋아서요
너무 좋아서요

돌아오는 사람

유리창 깨뜨리는 소리가 들렸다

너는 코를 살짝 쥐고
눈을 동그랗게 뜨고 수면을 노려본다
오늘 처음 잠수를 시작하는 사람처럼

네가 보이지 않는 물 위에서
뜨거운 빛을 뿜는 유월의 구름들을 본다
사랑스러운 곡선들이 흘러가고 멈춘다

네가 누워 있는 곳은
네가 바라보는 세계이기도 하지만
이곳으로 건너오는 건 좋지 않은 일이라고
말해 주고 싶었지만

거울 너머가 보이는 사람처럼
창백한 손을 내저으며 너는
긴 몸을 뒤척인다

낡은 사진을 너무 오래 들여다보면

안과 밖이 바뀐다
이곳에 네가 없는 것처럼
나도 이미 그곳을 떠났다

아무것도 기억하지 못하는 사람처럼
너는 진지하다
비스듬한 각도로 물 밖을 바라본다

얇은 유리 장막을 찢으며
네가 돌아오는 소리를 들었다

불안한 행복

너는 늘 불안과 함께 온다
오래 기다린 사람은
알 수 있는 걸까 너의 비밀을
비 맞은 풀잎이 번뜩이는 이유를

어떤 날은 매 맞는 사람처럼
고개를 떨군 채 땅 밑의 시간 속으로
자신을 던져 버리게 되는
이 메마른 빗길 위

쓸쓸함이 쓸쓸하지 않을 정도로 먼 곳으로부터
너는 온다 푸른 철문 앞에서
너를 기다리는 동안
내가 널 기다리는 걸
혹시 알까 봐
비처럼 어두워진 널
알아보지 못할까 봐
이 골목의 어귀에서
나는 아무것도 할 수 없다

네가 걷는 길을 버리지 않고
날 발견할 수 있을까
그 골목에는 없는
샛노란 해바라기처럼
비를 긋는 맑은 바람처럼
나를 들킬 수 있을까

저물어 가는 낡은 철문 앞으로
너는 온다 초대할 수 없었지만
유령이 되지 않을 수 없었지만
오는 네가 보여서
소금 기둥처럼
나는 아무것도 할 수가 없다

버스를 타고 나에게로 2

그런 날, 버스에 자리가 없어서
너와 떨어져 앉아 한참을
말없이 가야만 했던 그런 날
가령 극장에 나란한 자리가 없어서
곁을 잃고 두 시간 동안 묵묵해져서
눈을 돌려 바라보면 너는
다른 곳을 보고 있어서
네가 이쪽으로 눈을 돌렸을 때
내가 다른 곳을 바라보지 않았던가
내내 불안해져서
그런 날, 돌아오는 버스에
나란히 서 있을 자리도 없어서
너와 다른 쪽 창을 향한 손잡이를 붙들고
흔들려야 해서, 들어서는 사람들에게 밀려
너에게서 한 발 더 멀어지고 아득히
물끄러미 네가 나를 바라보고 있어서
빼곡한 옆얼굴들 사이 틈틈이
너무 멀어진 네 표정을 지켜보면서
알게 되었겠지 너도 나에게서
아무렇지 않을 수 있었다는 걸

영원히 혼자 서 있게 된다는 사실을
문득 눈이 마주치면 웃는 얼굴로
깊이 불안해져서 그런 날, 무슨 말인가를
들어야만 지나갈 수 있었던 그런 날
창밖에 정류장의 어둠을 우산으로 받으며
침울한 얼굴의 내가 서 있는 걸 목격하고
딛고 선 발밑을 잃어버릴 것처럼
단 한 번의 외면으로 모든 기억을 삭제당할
심판 앞에 선 것처럼 그런 날,
너와 나는 금이 간 흙벽을
맨몸으로 움켜쥔 폐가의 기둥 같아서 물끄러미
아득히 너에게서 너로부터

가능한 세계 3

오늘 귀가하다가 만난 어떤 사내는
네가 잃어버린 눈빛을 아직 갖고 있었지

방 안의 사물들이 모두 어떤 징조를 가리키며
네가 놓아 버린 빛을 감추고 있어

모든 것은 평등하게
결말을 향해 움직이고 있었어

누구도 바라지 않았던 평등
시간에게 너는 존재하지 않는 것과 같지

빛보다 빠르게 이동하면
시간을 거꾸로 거슬러 갈 수 있을까

네 마음속에 믿는 것이 있었던가
망설임 없이 움직이는 중력을 느낄 수 있었던가

시간은 너를 기다리지 않지만
어떤 시간이 아직 너를 위해 남겨져 있어

이미 도래하였으나 아직 존재하지 않는
시간을 상상할 수 있을까?

이곳에서 너는 오직 가능할 뿐이야
네가 하지 않은 말 속에

아직, 너는, 있다

해설

투명성의 모험, 뉘앙스의 미감

이찬(문학평론가)

다중초점의 앵글, 객관중립서술의 모험

무수한 영화 애호가의 눈과 마음을 사로잡은 왕가위의 「동사서독」 첫 장면을 떠올려 보라. 화면 가득 출렁이는 금빛 물결 위로 솟아오른 "旗未動 風也未吹 是人的心自己在動(깃발도 움직이지 않고 바람도 불지 않는데, 괴로워 몸부림치는 것은 오직 사람의 마음일 뿐)"이라는 혜능(惠能) 선사의 어구. 이는 「동사서독」이 관객들에게 건네려 했던 생각의 핵심을 담은 말이었을 터이다. 나아가 노춘기의 세 번째 시집 『너는 아직 있다』를 은유적 맥락과 이미지 사유로 풀이할 수 있는 탁월한 형상으로 활용될 수 있을 듯하다.

물론 왕가위는 중국의 남송(南宋) 시대를 배경으로 삼은 김용의 무협 소설 『사조영웅전』을 새롭게 변용하여 「동사서독」의 등장인물과 이야기 매듭을 전혀 다른 미감과 예술적 짜임새로 빚어 놓았다. 지난 세기말 우리 스크린을 제법 오랫동안 풍미했던 장국영과 더불어 그가 연기한 '서독'이란 캐릭터는 저토록 기발하면서도 지루하기 그지없으며 지극히 난해한 듯하면서도 관능적 감각과 기묘한 미장센으로 찬연한 「동사서독」의 미학적 후광이었는지도 모른다. 장국영의 '서독'은 「동사서독」 텍스트 전체의 의미론적 불꽃을 현대적 실존과 물신화(物神化)에 대한 알레고리이자 그 비의(秘義)의 세계로 이끌었던 것이 분명해 보인다.

아니, "사람들 사이에 섬이 있다. 그 섬에 가고 싶다."(정현종, 「섬」)라는 탁월한 시구에 깃든 파편화된 현대인의 운명과 그 마음결의 자취를 상기시켰다. 나아가 "사람들 사이"를 휘감고 도는 숱한 오인과 착각의 무대, 그 얼룩덜룩하고 비틀어진 마음의 무늿결이야말로 제 각자 운명선의 빛깔과 모양새를 꼴 짓는 핵심 인자일 수밖에 없다는 '회의주의' 세계관을 앞면에 내세웠다. 「동사서독」은 등장인물들의 주관적 왜곡과 자기 합리화의 세계, 그리고 그것이 낳을 수밖에 없을 숱한 번민과 고뇌, 지독한 결핍과 끈질긴 갈애의 자리로 카메라의 초점과 앵글의 집중력을 이동시켰기 때문이다.

어쩌면 「동사서독」이 등장인물들의 마음결을 겯고트는 내성(內省)의 팽팽한 긴장 상태를 클로즈업 기법으로 구성할 수밖에 없었던 까닭 역시, "사람들 사이"에서 생겨나는 감응(感應)의 밀도와 파장에 따라, 똑같은 사건도 전혀 다른 결과 무늬를 지닌 것으로 기억되고 재구성될 수밖에 없다는 왕가위의 번뜩이는 문제 설정에서 비롯하는 것인지도 모른다. 주인공이자 서술자로 자리한 '서독'의 시선 위로 그대의 마음결을 잠시 덧씌워 보라. '서독'에게 부여되었던 화자의 목소리, 그 고백체의 독무대가 드리우는 염세(厭世)의 뉘앙스와 허무의 몸부림을 그대의 안광 위로 되비쳐 보라.

더 나아가, 등장인물 여덟 사람의 마음이 들뜨고 어긋나고 부풀어져 각자가 번민과 갈등의 과정을 반복할 수밖에 없었던 자리를 말없이 뒤따라 보라. 저토록 오랜 내성의 시간적 여로를 진득하게 뒤따라간 관찰자의 시선을 또한 가만히 음미해 보라. 그리하여, '서독' 장국영에게 은밀하게 부여된 '객관중립서술'에 육박하는 시선의 투명성과 더불어 다중초점의 '누빔점(point de capiton)' 기능이야말로 「동사서독」의 가장 독특한 미학적 자질이자 예술적 창조성의 원천으로 자리한다는 전제로부터 노춘기의 이번 시집을 시작해 보자.

살의 존재론과 시점 융합의 통사론

노춘기의 세 번째 시집 『너는 아직 있다』에서도 이전 시집들에서 엿보인 다양한 시선의 교차편집과 여러 시점의 혼재를 통한 다중초점의 엇갈린 '진실들'이 그 마디마디를 가로지른다. 이렇듯 어긋나고 조각난 진실들을 꿰뚫고 들어가, 좀 더 투명한 앎과 깨달음에 이르려는 시인의 '공들임의 함수'(김인환)는 곳곳에서 빛을 발한다. 이는 '인간중심주의'로 표상되어 온 의식 주체의 명석판명한 자아중심적 감각과 사유로부터 훌쩍 날아올라, '감각 너머의 감각' 또는

'감각되지 않은 감각'을 상상하거나 되찾아오려는 모험적 시도를 동반한다.

> 너는 고요하고 느긋한 호흡으로
> 전부를 내던졌다 이 거대한 고래에게
>
> 잠시 어떤 무서운 감각이 너를 사로잡았으나
> 깊고 어두운 물이 지평선 끝에서
> 너를 향해 올라오고 있는 게 보였다
>
> 거대한 허공이 물속에서 부풀어 올랐다
> 푸른 물이 머리 위로 부드럽게 구부러졌다
> 한순간에 너의 전부가 사라지려 하고 있었다
>
> ―「고래에게」 부분

「고래에게」의 화자는 '너'라는 이인칭 주체/대상을 발설하고 있다는 점에서 '일인칭 시점'의 페르소나(persona)로 설정된 것이 분명하다. 그러나 시인은 시점의 일관성과 통일성을 하나의 문장 단위에서부터 해체·재구성하는 예술적 모험을 시도한다. 일인칭 시점이란 자신의 감각과 사유에 대해서는 섬세하고 명료하게 말할 수 있지만, '너'라는 또 다른 주체/대상에 대해서는 어슴푸레하게 묘사할 수밖에 없는 제한된 시각적 상황과 조건을 이미 끌어안고 있는 것이기 때문이다.

따라서 "어떤 무서운 감각"을 느끼고 있는 주체란 일인칭 주인공 시점의 발화자인 '나'일 수밖엔 없을 터지만, 시인은 이 '감각'의 주체/대상으로 '너'를 표면에 내세운다. 나아가 '너'의 "무서운 감각"을 말하고 있는 주체의 시각 범위를 "깊고 어두운 물이 지평선 끝에서/너를 향해 올라오고 있는 게 보였다"라고 말할 수 있는, 전지적 시점 또는 신의 시선으로 설정하는 통사론적 모험을 시도한다. 그리고 이 자리에서 시인 노춘기의 고유한 예술적 비기(祕技)라고 부를 수 있을, 다양한 시선의 교차편집과 다중초점에 의한 여러 시점의 혼재라는 묵중한 형식 실험과 특이한 예술적 짜임새가 생성된다고 하겠다.

이렇듯 시의 거죽에서 말하는 화자의 인칭과 실제 시각 범위를 문장 단위에서부터 어긋나도록 설정한 것은 '세계의 자아화'라는 말로 규정되어 온, 시 양식의 전통적 형식화 범례인 '서정'의 테두리를 벗어나 새로운 예술 문법을 창안하려는 시인의 근원적인 생성 욕망에서 비롯하는 것으로 보인다. 이는 2000년대 초·중반의 한국시를 '생산적 카오스'(김수영)의 무대로 이끌었던, 당대 젊은 시인들이 함께 이룩한 새로운 '예술적 짜임'의 원천이자, 한국시의 '진리-사건' 가운데 한 매듭으로 기록될 미래파와 합류하는 자리이기도 하다. 그리하여, 노춘기는 2000년대 젊은 시인들이 감행했던 무수한 형식 실험들 가운데서도, 시점과 서술법으로 표상되는 주체/대상의 감각적 인지 능력의 제한성과 더불어 그 파편화된 진실이 품은 부분적 유한성의 문제를 집중적으로 해체·재구성했던 것으로 보인다.

너를 만지고 맛보고
비를 만지고 느끼고
어둠을 들이키고 맛보고 토해 버리는

아주 어렵고 곤란한 마주침이
이 순간의 우리를 찢고 있어

보이는 것들이 보고 있는 걸
상상조차 할 수 없었잖니

볼륨을 잠깐만 줄여 봐
이빨을 드러낸 개들이 늘어나고 있어

—「곤란한 마주침」 부분

시곗바늘이 한 칸 한 칸
전진하는 사이
지구가 자전하는 톱니바퀴
소리를 듣는다.

눈앞의 지구에서 구름이
걷히면 길쭉한 여객선에서
손을 흔드는 사람이 보인다.

어떤 이가 산 위에서

나를 올려다본다.

고래가 뛰어오른다.

—「붉은 얼굴」 부분

어둠을 부르면, 옅은 불빛에 흔들리는 수풀 너머, 푸른 얼굴이 나를 본다. 이제 왔구나, 인사 건네며 손을 내밀어 본다. 흐릿한 인사의 말이 뺨을 만지며 지나간다.

—「완벽한 시간」 부분

인용 이미지들을 에두르고 있는 도드라진 면모들 가운데 하나는 '너', '우리', '나', '당신' 등으로 열거되는 인칭대명사들이 명확하게 한정된 감각의 주체로 설정되지 않는다는 것이다. 이는 달리 말해, 저 인칭대명사들이 통념적 차원의 시점을 벗어나 다중초점의 시선과 감각들이 혼재할 수 있는 상호 융합적 시각성의 열린 터전이자, 라깡이 말했던 '누빔점'에 가까운 것으로 기능하게 된다는 사실을 암시한다. 그렇다. 「곤란한 마주침」에서 말하고 있는 화자는 분명 '너'와 '우리'의 감각을 동시에 진술할 수 있는 일인칭 시점의 주체일 것이다. 그러나 "너를 만지고 맛보고" "비를 만지고 느끼고"라는 구절에 깃든 감각의 범위와 수준은 인칭 시점의 제한성을 넘어선 전지적 시점의 그것으로 수렴될 수밖에 없다. 일인칭 시점의 화자는 '너'의 구체적 감각 내

용과 그 생생한 느낌을 묘사할 수 없는 제한된 시각 범위를 품고 있어야 하지만, 시인은 화자에게 전지적 시점에 가까운 무한정한 시각 범위를 부여하고 있기 때문이리라.

「붉은 얼굴」「완벽한 시간」 같은 시편에서도 노춘기 시의 고유한 특질이라 할 수 있을, 인칭대명사를 활용한 다양한 시점의 상호 중첩이나 다중초점의 혼재 양상이 보이지 않는 뒷면에서 일렁거린다. 가령 「붉은 얼굴」은 '나'라는 인칭대명사를 활용한다는 점에서, 일인칭 시점을 설정한 것이 분명하다. 그러나 "지구가 자전하는 톱니바퀴/소리를 듣는다.//눈앞의 지구에서 구름이/걷히면 길쭉한 여객선에서/손을 흔드는 사람이 보인다."를 말하는 자의 시각 범위를 천천히 들여다보라. 우주 삼라만상을 빠짐없이 들여다볼 수 있는, 전지적 시점에서만 구현되는 무제한의 시각성이 저 이미지 전체를 가로지르고 있음을 알아챌 수 있을 것이다.

「완벽한 시간」에서는 발화의 주체와 대상이 서로의 자리를 넘나들면서, 다중초점에 입각한 '대화적 상상력'을 돋을새김의 형상으로 소묘하는 새로운 예술적 짜임새가 나타난다. 여기서 말을 전달하는 발화 주체는 분명 '나'이지만, "푸른 얼굴이 나를 본다"가 선명하게 보여 주듯, '본다'라는 시각적 행위의 주체는 "푸른 얼굴"로 설정되어 있기 때문이다. 그 뒤를 곧바로 잇따르는 "이제 왔구나, 인사 건네며 손을 내밀어 본다"의 발화 주체 역시 "푸른 얼굴"이지만, "흐릿한 인사의 말이 뺨을 만지며 지나간다"라고 말하는 주체는 '나'로 표기되는 일인칭 시점의 화자로 뒤바뀐다는 사실을 다시 오랫동안 눈여겨보라. 이렇듯 화자의 시점이 현란하게 엇갈리는 맥락 속에서 대화적 상상력이 보이지 않는 행간 위로 말없이 드리워진다는 사실을 직감할 수 있을 것이다.

이와 같은 서술 시점의 혼재를 통한 노춘기의 형식 실험이나 통사론의 해체·재구축은 현상학적 문제 설정을 도입하면 '판단중지(Epoche)'의 시적 형상화라고 명명할 수 있을 것이다. 또한 메를로-퐁티가 주제화한 '살(la chair)'의 예술적 구체화라고 부를 수도 있을 것이다. 그러나 그 무어라고 이름을 붙이든, 시인이 우리 감각의 테두리를 넘어선 자리에서 일어났을 다른 감각들의 세계를 필사적으로 상상하고 섬세하게 재구성하여, 우리 앞에 다시 펼쳐 놓으려는 예술적 기획을 품고 있는 것만큼은 분명한 사실일 것이다. 아니, '투명성의 모험'으로 호명될 수 있을 시점과 서술법의 형식 실험을 줄기차게 이어 나가고 있는 것이 틀림없다.

그러나 내가
모니터 위에, 흰 종이 위에
너는 눈을 감는다, 라고 쓰면

그 문장이 나를 찾아낸다
그것이 나를 보고 있음을 느낀다
그것이 말하려는 것을 듣는다

눈을 들어 그 문장을 볼 때마다
어김없이 그것이
나를 발견하고, 내게 말을 건넨다

나는 눈을 감는다
질끈 감고 있는데도
들려온다, 그것이
내 이름을 부르는 목소리가

내 얼굴을
지켜보고 있다는 확신이
뜨겁게 달아오른다

—「그것이 나를 본다」 부분

메를로-퐁티가 "나는 많은 화가들이 증언하듯 사물들이 나를 바라보고 있는 듯한 느낌을 받는다. 결과적으로 나의 능동성은 똑같이 수동적인 것이다." 또는 "결국 눈이 더듬는 행위는 촉각적인 쓰다듬음의 특출한 한 변양이다."라고 말했던 것처럼(『보이는 것과 보이지 않는 것』), 시인 노춘기 역시 "그 문장이 나를 찾아낸다"라는 수동성의 이미지를 시의 거죽 위에 새겨 넣는다. 이에 따라 「그것이 나를 본다」에서는 주관/객관, 주체/대상, 자아/세계, 능동성/수동성 등등으로 열거되는, 상식적이고 통념적인 주객 이원론이 전복되거나 해체되는 현상이 나타나게 된다.

이와 같은 현상은 '문장'으로 비유된 시 작품의 예술성이 탁월한 존재론적 가치와 위상을 함축하고 있다는 의미로 제한되지 않는다. 나아가 '언어-문자'를 비롯한 가상의 이미지들이 실제적 차원에서 행사하는 실천적 변이 역량에 방점을 찍으려 했던 들뢰즈의 '시뮬라크르(simulacre)', 그것의 전복적 의미 규정의 그물코나 가치론적 테두리에도 갇히지 않는 것 같다. 마찬가지로, 저 수동성의 이미지는 살아 꿈틀거리는 생명체와도 같은 언어-문자의 역동성이나 생동감으로도 환원될 수 없다. "나는 눈을 감는다/질끈 감고 있는데도/들려온다, 그것이/내 이름을 부르는 목소리가"라는 이미지가 생생하게 보여 주듯, 「그것이 나를 본다」가 현시하려는 것은 '나'와 '너'라는 개별 주체의 인칭을 넘어서, 우리의 몸과 세계의 몸이 서로를 향해 끊임없이 넘나드는 공실존(co-existence)의 무대이자 '살'의 세계이기 때문이리라.

이와 같은 '살'의 세계에서 감각의 주체와 감각되는 대상은 서로 분리되지 않을뿐더러 구별될 수도 없다. 우리 모두에게 보이고 들리고 만져지는 그 모든 감각 대상이란 "저만치 혼자서 피어 있"는(김소월, 「산유화」) 마치 꽃과도 같은 정태적 존재가 아닐뿐더러, 우리의 몸과 더불어 만나고 이어질 수 있는 단일한 속성의 연속체로 이루어져 있기 때문이다. 나아가 메를로-퐁티는 이렇듯 보이지 않는 감각들의 연속체를 '살'이란 말로 일컬은 것이라 하겠다.

따라서 시인이 현시하려는 '살'의 세계란 우리의 몸이 세계의 몸과 교접하면서 이루어지는 어떤 기색과 분위기와 마음결의 얼룩들을 거느린다. 아니, 다른 존재로 이행하는 과정에서 동등한 몫으로 참여하는 그 모든 것들의 '신체적/주관적' 상황들을 포괄한다. 시인은 결국 우리의 감각 너머에 존재할 다른 감각들을 필사적인 상상력으로 추적하면서, 저 보이지 않는 곳에서 일어나는 무수한 감각들의 중첩과 교차의 터전인 '살'의 세계를 시의 거죽 위로 펼쳐 놓으려는 방법론적 모험을 시도하고 있는 셈이다. 그러나 이 시도는 단순한 형식·미학적 실험에 그치지 않는다. 오히려 시인의 태생적 체질로 추정되는 '진리에 대한 열정', 또는 '진실의 투명성'에 도달하려는 순결한 의욕에서 비롯하는 것으로 보인다.

투명성의 모험 또는 진실의 사제

경험해 본 적 없는 방식으로 세계와 부딪치기 위해서
나는 얼마나 머뭇거렸던가.
진심으로 나를 들여다보는 어떤 사람을
얼마나 견딜 수 있었던가.

길 위에서 만난 사물과 육체들이 너무 딱딱하다는 걸
그 모서리에 이마를 부딪힌 사람들만 알 수 있는 건 아니다.

내 몸속에, 깊이 잠들 수 없는, 아마도 24시간 깨어 있는
어떤 시선이 흔들리고 있다는 걸
분명히 알고 있었던 시절이 있었다.

—「누구나 시간을 멈출 수 있다」 부분

비가 그치면 어둠이 오고
매질하듯이 별들이 쏟아지고
우주를 채우는 곤충과 새와 짐승들의
숨결들 바람에 온몸을 부딪치는
빽빽한 나뭇잎들의 분노가

있다, 이름을 아는 사물들과 그 이름을 내게
알려 준 사람들과 그들 곁에서 조용히 숙제를 하던
너는, 삐걱거리는 나무 복도에서 새로 산 지우개를 건네던
주산학원 가던 길에서 한 번도 뒤를 보지 않던
한동안 사촌 누나였다가 한번은 플라타너스
높은 가지 끝의 하늘소였다가 라디오에서
들려오던 죽은 싱어송라이터의 노래였다가
노량진 학원가 빵집 창가 자리에 놓인
흰 접시였던, 노량진역에서의 식은
악수였던, 철문 앞에서의 오랜 기다림
이었다가 융단폭격 아래에서의 기도였던

너는, 저 빽빽한 어둠의 내부에서 붕붕거리는 것들의
뜨거운 호흡 소리를 뚫고 이 축축한 지상을
이 웅크린 육신을, 내려다본다
그리고 이곳에서
밤이 길고, 너는 별처럼 따뜻하다

—「정글엔 언제나」 부분

"관찰이 관찰되지 않는 것처럼/거울 너머로 다시 진입할 수 없는 것처럼"이라는 시구가 명징하게 표상하는 것처럼(「너와 함께」), 노춘기의 시는 우리 감각의 테두리를 넘어선 곳에서 일어났을 무수한 사건들의 색과 소리와 빛깔을 온몸의 집중력을 기울여 상상할뿐더러, 그 감각의 세부들을 우리 눈앞에 펼쳐 놓으려 한다. 이러한 시인의 태도와 자세는 "경험해 본 적 없는 방식으로 세계와 부딪치기 위해서/나는 얼마나 머뭇거렸던가./진심으로 나를 들여다보는 어떤 사람을/얼마나 견딜 수 있었던가"라는 '진실'의 사제로 자신을 호명하려는 의지를 낳는다.

이와 같은 의지는 흔히 '경험의 감옥'으로 일컬어지는 자기의식의 한계와 제한성을 겸허히 인정하려는 시인의 타고난 체질을 그 뒷면에 거느리고 있는 것이겠지만, 그 한계치를 넘어서려는 시인의 필사적인 상상력을 산출하는 창조성의 원천이기도 할 것이다. 시인은 "내 몸속에, 깊이 잠들 수 없는, 아마도 24시간 깨어 있는/어떤 시선이 흔들리고 있다는 걸/분명히 알고 있었던 시절이 있었다."라고 순정하게 고백할 수 있는 사람이기 때문이리라.

따라서 "24시간 깨어 있는/어떤 시선"이란 시인의 가슴 속 어느 언저리에 다른 영성의 존재가 들어와 살고 있다는 사실을 뜻하거나, 신(神)의 목소리를 대신 전하는 영매 또는 신탁의 대행자를 비유하지 않는다. 오히려 「정글엔 언제나」에 암시된 것처럼, '너'를 표상하는 무수한 주체이자 대상인 동시에 무한한 사건이자 상황들을 나타낸다. '너'는 "한동안 사촌 누나였다가 한번은 플라타너스"가 되는 무한 변신술(metamorphosis)의 주체인 동시에 "높은 가지 끝의 하늘소였다가" "싱어송라이터의 노래였다가" "흰 접시"였고 "식은/악수"였으며, "오랜 기다림/이었다가" "융단폭격 아래에서의 기도"였던 대상이기 때문이다. 아니, 노춘기의 거의 모든 시 작품은 주체와 대상이 서로 구분되거나 변별될 수 없는 '공실존'의 무대, 또는 '살'의 세계로 이루어져 있기 때문이리라.

이렇듯 '네'가 무한 변신술의 주체/대상이 되는 자리에서 시인이 오랫동안 벼려 온 이미지 축조술과 예술적 방법론의 진가가 빛을 내뿜기 시작한다. 그렇다. 「정글엔 언제나」는 우리가 상식처럼 간직하고 있는 시에 대한 백과사전적 규정에서 멀찌감치 벗어나, 그 언어와 지식의 체계로 표상될 수 없는 새로운 세계를 열어젖힌다. 이 세계는 "이 축축한 지상을/이 웅크린 육신을, 내려다본다"라는 시구에 깃든 신의 시선, 또는 '전지적 관찰자 시점'이라는 새로운 서술 방법을 '너'라는 주체/대상에 부여함으로써 탄생한다.

이와 같은 새로운 서술 방법의 창안은 특정한 주체/대상의 고정된 선입견이나 경험적 편견에서 벗어나, '투명성의 시선'을 확보하려는 시인의 내밀한 윤리와 사유의 모험에서 비롯한다. 이는 시인이 무수하게 얼크러진 사태들의 우여곡절을 꿰뚫고 들어가, 그야말로 살아 펄펄 뛰는 '진실'의 심장을 움켜쥐려 한다는 사실을 암시한다. 가령 "진심으로 나를 들여다보는 어떤 사람을/얼마나 견딜 수 있었던가" 같은 구절들을 오랫동안 들여다보라. '진심'이라는 작은 무늬에 선명하게 집약된 것처럼, 노춘기의 이번 시집 『너는 아직 있다』는 시인이 그 누구보다도 견고하고 충실한 '진실의 윤리학'의 주체로 살아갈 수밖에 없으리라는 운명선의 예지를 곳곳에다 흩뿌려 놓는다. 마치 '미래로 던져진 존재론적 기투의 화살이자 다른 미래를 예지하는 주술적 역량의 존재'(이찬)인 시적 아우라가 그러할 수밖에 없는 것처럼.

잠에서 이제 막 깨어나는 짧은 시간, 이 세계가 허물어지고, 다시 신화처럼 어제와 너무나 닮은 모습으로 일시에 구축되는 과정을 목격하는 순간은 얼마나 허망한가.

이 진실의 등 뒤로 텅 빈 허무가 아닌 것이 없었다는 것.

밤의 적막 속에서 매일, 어제 없었던 것들이, 어제의 태양과 함께 사라졌던 것들이, 암흑 속에서 허물어졌던 것들이 얼굴을 들어, 나를 아는 것처럼, 사랑을 담아 인사를 건넨다.

수고 많았노라 인사를 돌려줘야지. 다시 돌아오지 않는, 오늘만 살고 죽는 얼굴들에게. 내일 다시 눈을 뜨게 된다면, 새벽빛의 온기가 네 몸 위에 덮일 때, 다시 온전히 새로운 사람이 어제의 목소리를 끝내 입 밖으로 내어놓을 때.

그 모든 인사들이 다시 시작되리라. 그러나 의심하지 말아야지. 이 사람이 어제의 내가 아닐 수 있다는 것을, 어떤 믿음도 없이 눈을 뜨고 감아 왔다는 사실을. 쉽게 말하지 않아야지. 두려움 없이, 이미 지나가 버린 시간을 향해서 고개를 꺾을 수는 없으니까.

—「완벽한 시간」 부분

시인 노춘기에게 "완벽한 시간"이란 과연 어떤 형세와 윤곽으로 그려지고 있는 것일까? 이 물음에 대한 단서는 "이 진실의 등 뒤로 텅 빈 허무가 아닌 것이 없었다는 것"에서 찾을 수 있을 듯 보인다. '진실'의 뒷면에서 '허무'를 보는 사람이란 결국 시시각각으로 변화하는 "사물의 우매와 사물의 명석성"을(김수영, 「공자의 생활난」) 동시에 들여다볼 수 있는 격물치지(格物致知)의 주인공인지도 모른다. "이 세계가 허물어지고, 다시 신화처럼 어제와 너무나 닮은 모습으로 일시에 구축되는 과정"에 선명하게 집약된 것처럼, '진실'이란 서로 다른 시각의 방향과 인칭의 위치에 따라 얼마

든지 다른 '얼굴'로 뒤바뀔 수 있는 것일뿐더러, "어떤 믿음도 없이 눈을 뜨고 감아 왔다는 사실"조차 망각하게 만드는 주관적 망념으로도 기능할 수 있기 때문이다.

그렇다. 시인은 제 삶의 천태만상에서 일어나는 '진실'과 결부된 무수한 말과 표정과 이야기들이 시간의 경과에 따라 변화하고 소멸하는 '과정' 전체를 공평무사(公平無私)의 눈길로 들여다보려 하는 것이 틀림없다. 그러나 그러면서도, "다시 돌아오지 않는, 오늘만 살고 죽는 얼굴들"로 빗대어진, 숱한 왜곡과 풍문들을 무시하거나 외면하려는 마음을 품지 않는다. 오히려 그것들이 남긴 내면의 상흔과 그 깨달음의 잔상들을 "밤의 적막 속에서 매일, 어제 없었던 것들이, 어제의 태양과 함께 사라졌던 것들이, 암흑 속에서 허물어졌던 것들이 얼굴을 들어, 나를 아는 것처럼, 사랑을 담아 인사를 건넨다"라고 표현할 수 있는 허허롭고 넉넉한 마음씨로 감싸려 한다. 이는 마치 '진실'인 양 우리 모두를 기만하거나 왜곡하고 있었던 그 모든 속악(俗惡)의 '얼굴들'에게도 "수고 많았노라 인사를 돌려줘야지"라고 말할 수 있는 여유와 지혜, 그 웅숭깊은 깨달음이 현현하는 순간의 황홀경을 "완벽한 시간"이란 이미지에 빗대어 드러냈다는 사실을 암시한다.

따라서 "완벽한 시간"이란 "그 모든 인사들이 다시 시작"되는 시간일 수밖에 없을 것이다. '어제'라는 시어로 표현된 과거의 시간만을 머물다가 사라진 무수한 '진실'인 동시에 허위의 '얼굴들'이란 그저 폐기 처분되어야만 할 그 무엇이 아니라, 그냥 그 자체로서 의미가 있노라고 넌지시 말 걸고 있기 때문이다. 시인은 이렇듯 '어제'와 '오늘'이란 한시적 시간만을 살다가 사라져 버리는 무수한 '진실', 달리 말해 무수한 오류와 착각과 거짓에 대해서도 '인사'라는 말로 형상화된 긍정성의 가치를 '돌려주려' 하는 셈이다. 이는 시인이 시간의 풍화작용이 불러일으키는 '진실'의 무상함에도 불구하고, 그 투명성에 도달하려는 진중한 의식의 모험을 말없이 지속하고 있을뿐더러, 그것에서 벗어난 수많은 왜곡과 허위까지도 넉넉하게 받아안으려는 '소극적 수용력'의 주체라는 사실을 암시한다.

어쩌면 노자(老子)가 말하는 '미묘현통(微妙玄通)'이란 난처한 상황들을 꿰뚫고 헤쳐 나갈 수 있는 현묘한 지혜와 묘리(妙理)를 빠짐없이 쓸어안고 있는 말인지도 모른다. 가령 "古之善爲士者 微妙玄通 心可不識 夫唯不可識 故强爲之容 豫焉若終涉川(예로부터 선비 노릇을 잘하는 사람은 미묘하고 그윽이 통달하여 그 깊이를 헤아릴 수 없었다. 대저 헤아릴 수 없기에 억지로 다음과 같이 형용할 뿐이다. 머뭇거리는 모습이 겨울에 살얼음이 언 시내를 건너는 것 같으며.)"이라는 구절을 보라(『譯註 老子道德經註』, 김시천 역주, 전통문화연구회, 2014, pp.111-112). 더불어 "冬之涉川 豫然若欲度 若不欲度 其情不可得見之貌也(겨울에 살얼음이 언 시내를 건널 때에는 머뭇거리며 건널까 말까 하니 그 사정이 어떤지 정확하게 알 수 없는 모습이다.)"라는 왕필(王弼)의 주석을 보라(『譯註 老子道德經註』, p.112).

여기서 알아챌 수 있듯, '미묘현통'이란 저 후미진 세상의 보이지 않는 기색이나 현란하게 엇갈리는 모순적 상황, 나아가 명료하게 거머쥘 수 없는 가느다란 실마리조차도 섬세하게 갈피 짓고 껴안을 수 있는 지혜의 깊이를 뜻하는 것이리라. 아니, 세상의 온갖 우여곡절들을 두루 품을 수 있는 '소극적 수용력'의 허허로운 여유와 더불어 자기를 내세우지 않는 겸허의 묘리를 동시에 가리키는 말일 수밖에 없으리라.

어쩌면 「완벽한 시간」에서 나타난 "이미 지나가 버린 시간을 향해서 고개를 꺾을 수는 없으니까"라는 이미지는 시인 노춘기가 '진실'을 향한 발걸음을 멈출 수 없는 '투명성의 모험가'이자, 과거의 이런저런 사연이나 에피소드, 감정적 은원 관계에도 붙들리지 않는 '지혜의 탐색가'라는 사실을 넌지시 말해 주고 있는지도 모른다. 나아가 '미묘현통'으로 나아가려는 영혼의 수도자인 동시에 세상만사에서 일어나는 무수한 왜곡과 허위조차도 지혜롭게 감싸고 넉넉하게 품을 수 있는 '소극적 수용력'의 실천가라는 사실을 암시하는 단자(monad)의 형상일 것이 틀림없다.

뉘앙스의 미감, 감응의 빛살

누군가 들려준 진실이라는 것과
네가 본 것들이 함께
확실하게 존재하는 유령들을
눈앞에 소환한다

푸른 언덕 위에 충분히 많은
십자가들이 세워질 거야

코끼리만큼 커다란 불신이 자라난다
코끼리는 이제 걸어 다닌다
너의 집 앞과 거리에서

누군가 비명을 지르고
문득 뒤를 돌아보면
바로 그 어둑한 모퉁이에 그것이
너를 향해 고개를 꺾는다

그리고 코끼리의
캄캄한 입속으로
온 우주가 빨려 들어간다

—「의심이라는 병」 부분

한 가닥 빛도
내려오지 않는
깊은 허공, 소리마저
집어삼키는 어둠 속에서

이 우주보다

입이 큰 물고기를

만나게 해 주세요

—「우물의 깊이」 부분

「의심이라는 병」은 시인이 끊임없는 열정으로 시도해 온 '투명성의 모험' 위로 데리다의 '유령'으로 표상되는 '시간의 법정'이 개입하기 시작했다는 사실을 암시한다. 이는 세상을 떠도는 무수한 소문과 낭설들이 시간의 흐름이 이루어 놓는 '진실'의 낙차와 거리에 따라, 제 진면목을 저절로 드러낼 수밖에 없다는 시인의 원초적 직관과 오래된 사유를 겹겹의 아이러니로 표현한다. '시간'이라는 것은 결국, 역사의 전승탑 아래 숨겨져 있던 무수한 비(非)-동일자, 곧 '유령들'을 "눈앞에 소환"하도록 강제하는 자연법의 재판정일 수밖에 없기 때문이다.

이렇듯 '진실의 투명성'에 이르려는 시인 노춘기에게 '의심'이란 필요충분조건 같은 것일 수밖에 없으리라. 설령 그것이 '병'으로 비유된 치명적 실존의 상태를 불러들인다고 하더라도, 시인은 '진실'에 이르기 위하여 '의심'을 반복할 수밖에 없는 회의론자인 동시에 이후로도 '투명성의 모험'을 매번 거듭하는 '진실의 사제'로 살아갈 것이 자명하기에.

「우물의 깊이」는 진리에 대한 열정이나 투명한 진실을 향한 시인의 모험적 시도가 형이상학적 완전성의 차원이나 절대적 선을 요청하는 자리에까지 나아갈 수밖에 없다는 자기 깨달음을 아로새긴다. 따라서 "한 가닥 빛도/내려오지 않는/깊은 허공"이란 한 치 앞도 내다볼 수 없는 지상 세계의 '어둠', 곧 불교에서 말하는 '무명(無明)'의 상태를 일컫는 것이리라. 또한 "이 우주보다/입이 큰 물고기를/만나게 해 주세요"라는 구절은 시인이 추구하는 '진실'의 투명성을 보증하는 형이상적 무한성을 응축한 형상일 것이 분명하다.

어쩌면 시인은 자신이 시도하는 저 '투명성의 모험'이 그야말로 "의심이라는 병"에 머물지 않고, 자신의 삶과 세상만사를 꿰뚫고 보듬는 광대무변한 지혜의 터전으로 자리할 수 있기를 간절히 소망하고 있는지도 모른다. "우주보다/입이 큰 물고기"라는 이미지가 뒷면에 드리우는 아슴아슴한 형이상적 동경(憧憬)의 감각, 그 어슴푸레한 뉘앙스가 풍기는 유토피아적 그리움처럼.

좋아서 그랬어요
좋아서요

저 물질적인 무지개
마음이 날아갈 듯해요

좋아서요
너무 좋아서요

—「레인보우 이펙트」 전문

「레인보우 이펙트」는 6행 3연으로 이루어진 단형시의 모양새를 취하고 있지만, 지금까지 시인이 작업해 온 시점 융합이나 서술법의 실험을 통한 '투명성의 모험'을 이어 가면서도, 새로운 세계를 창안하려 한다는 사실을 지극히 넓은 행간으로 표상한다. 이 시편은 여느 작품들처럼, 세상의 이런저런 '진실들'과 시간의 흐름에 따른 만화경을 추적하면서 그 세태들의 무상함을 현시하려는 자리에 미학적 초점을 두지 않는다. 오히려 어떤 현상이 우리에게 안겨 주는 감응의 생생함과 그 일렁임의 효과를 침묵의 말인 행간을 통해 은은하게 드리운다.

이러한 측면은 '좋다'라는 어사를 변형하고 있는 "좋아서 그랬어요", "좋아서요", "너무 좋아서요" 같은 구절들의 반복이 불러일으키는 긍정적 느낌의 직접 발산 장면에서 가장 도드라진 효과를 얻는다. 이 시의 한가운데 들어박힌 "저 물질적인 무지개/마음이 날아갈 듯해요" 역시, '좋다'라는 느낌을 북돋는 구체적 사물의 형상으로 기능한다. 이 구절들은 제목으로 들어박힌 "레인보우 이펙트"와 서로를 마주 보고 함께 울리면서 우리의 마음결을 가로지르는 기쁨과 즐거움이라는 정서적 감응 현상 자체를 예술적 오브제로 삼는다. 또한 그것이 만드는 다양한 느낌을 "무언의 말"로(김수영, 「말」) 표현하고 있는 셈이다. 따라서 이 작품은 "레인보우 이펙트"에서 파생된 다양한 감응 현상들이 "좋아서 그랬어요"라는 시어로 빠짐없이 수렴되거나 응축되는 효과를 뒷면에 감추고 있는 셈이다. 이와 같은 수렴·응축 현상은 이번 시집 『너는 아직 있다』를 지난 시집들에서 진일보한 '뉘앙스의 미감', 또는 '감응의 빛살' 한가운데로 우리를 인도한다.

> 내내 불안해져서
> 그런 날, 돌아오는 버스에
> 나란히 서 있을 자리도 없어서
> 너와 다른 쪽 창을 향한 손잡이를 붙들고
> 흔들려야 해서, 들어서는 사람들에게 밀려
> 너에게서 한 발 더 멀어지고 아득히
> 물끄러미 네가 나를 바라보고 있어서
> 빼곡한 옆얼굴들 사이 틈틈이
> 너무 멀어진 네 표정을 지켜보면서
> 알게 되었겠지 너도 나에게서
> 아무렇지 않을 수 있었다는 걸
> 영원히 혼자 서 있게 된다는 사실을
> 문득 눈이 마주치면 웃는 얼굴로
> 깊이 불안해져서 그런 날, 무슨 말인가를
> 들어야만 지나갈 수 있었던 그런 날
> 창밖에 정류장의 어둠을 우산으로 받으며
> 침울한 얼굴의 내가 서 있는 걸 목격하고
> 딛고 선 발밑을 잃어버릴 것처럼
> 단 한 번의 외면으로 모든 기억을 삭제당할
> 심판 앞에 선 것처럼 그런 날,

너와 나는 금이 간 흙벽을

맨몸으로 움켜쥔 폐가의 기둥 같아서 물끄러미

아득히 너에게서 너로부터

—「버스를 타고 나에게로 2」 부분

「버스를 타고 나에게로 2」는 '진실'의 무한성을 향한 시인의 원초적인 그리움과 이를 향한 '투명성의 모험'이 '뉘앙스의 미감'으로 진화했다는 사실을 도드라진 형세와 윤곽으로 드러낸다. 여기서 등장하는 '불안', '표정', '침울', '외면' 같은 시어들을 휘감고 도는 뉘앙스의 울림과 더불어 곳곳에서 은은하게 드리워지는 마음결의 섬세한 움직임을 가만히 느껴 보라. 이 시는 언뜻 보아 나날의 삶의 공간인 '버스', '극장', '정류장'에서 친구나 연인과 우리가 함께 나눈 일화들을 소재로 삼은 듯 보인다. 그러나 이 일화들의 뒷면을 타고 흐르는 것은 '너'와 '나'로 표기되는, 그러니까 우리가 모두 몇 번쯤은 겪었을 교감의 빛이거나 정서적 유대감일 것이리라. 그리고 그것이 지속되지 않을 때 나타나는 '불안', '침울', '외면' 같은 부정적 뉘앙스의 정서적 감응 현상일 것이 틀림없다.

그러나 이러한 해석은 노춘기 시가 감추고 있는 미학적 진가 또는 예술적 창안의 첨단점을 섬세하게 헤아릴 수 없는, 상투적 감수성의 재인 구조에서 크게 벗어날 수 없을 듯하다. 이를 넘어서기 위해서는 「버스를 타고 나에게로 2」의 마디마디를 타고 흐르는 어떤 운명선(運命線)에 대한 예감의 뉘앙스, 또는 미래를 예지하는 주술적 역량의 순간적 번쩍임을 감지할 수 있는 섬세한 심미안이 요청될 수밖에 없을 듯하다.

그렇다. 시인은 이번 시집 『너는 아직 있다』에서 지금까지 작업해 온 시점과 서술법의 형식 실험을 기반으로 삼아 '투명성의 모험'을 이어 가는 가운데서도, 우리가 한결같이 느낄 수밖에 없을 어떤 감응이 도래하는 보편성의 현현 순간, 흔히 운명이란 말로 일컬어지는 생의 보이지 않는 기미들을 예감하는 바로 그 순간적 '뉘앙스의 미감'을 새로운 예술 무대로 상연하고 있는 셈이다. 이 시집이 왕가위의 「동사서독」과 닮은꼴을 이루는 자리 역시, 우리 생의 무수한 감응 현상들과 그것이 만드는 운명선의 궤적을 꿰뚫어 보려는 시선의 객관·중립성과 더불어, 그 '진실'을 되찾아오려는 진중한 사유의 깊이에서 오는 것이 분명해 보인다. 『너는 아직 있다』가 우리 시대 한국시에 새롭게 선사하는 '뉘앙스의 미감', 그 독보적인 '스타일의 미학'이 기원하는 자리 역시 이와 같다.

첫 시집 『오늘부터의 숲』 모서리 끝에서 시인이 돋을새김의 공력으로 발산했던 저 무지막지한 감응의 밀도와 파장을 다시 헤집어 보라. 그리하여, 「지숙이, 잊혀진 마을에서」의 곳곳에서 뿜어져 나오는 처연한 슬픔과 먹먹한 그리움, 그 마음결의 한결같은 일렁임이 우리 모두에게 불러일으키는 둔중하면서도 아스라한 '감응의 빛살'을 온몸으로 느껴 보라.

바람은 연탄재가 즐비하던 개천에서 불어왔다 뚝방길은 내내 어둑했다 썩은 강, 조개탄, 탱자나무 울타리, 연탄가스로 죽은 아이의 이름은 지숙이 학교 앞 커다란 플라타너스에서 뛰어내린 친구 녀석은 다리가 부러졌다

우체국 앞을 질주하던 오토바이에 머리를 들이받은 날 다행히 아버지는 야근이었다 새벽에 귀가하는 그의 작업복에서 마른 빵 냄새가 났다

나는 시큼한 개미를 즐겨 먹었다 손끝에서 죽은 놈은 먹지 않았다 외할머니가 쌀가마니를 부려 놓고 가셨던 여름 지숙이는 빈집을 지키다가 죽었다

마을을 떠나는 길은 모두 구불구불했다 버스가 다니는 길이 모퉁이를 돌면 벽돌공장이 있다고 했다 지숙이는 아버지 친구의 딸이었다

개천가의 쓰레기 더미에서는 생전 처음 보는 물건들이 발견되곤 했다 친구들이 망각을 향해 달려가던 오후, 지숙이는 빈 교실에서 숙제를 하고 있었다 창밖으로 용설란 꽃대궁의 높은 키가 보였다

어둠이 서둘러 가시울타리를 빠져나가던, 구멍투성이 운동장, 아무나 흔들던 낡은 종, 찰흙으로 만든 말들이 아름드

리 플라타너스 그늘에서 색이 바래고 계절은 빠르게 잊혀져 갔다

나도 잊혀졌다 그곳에서, 내가 이름을 부르면 지숙이는 흰 얼굴을 들어올린다 나는 삐걱거리는 나무 복도에 서 있고 지숙이는 빈 교실에 있다 그 복도를 떠나고 싶지 않았다

—「지숙이, 잊혀진 마을에서」 전문